贵州省同步小康优秀民间歌谣丛书

我歌我快乐

之 黎 平

中共黎平县委宣传部
中共黎平县委政研室
黎平县文学艺术界联合会
编

贵州出版集团
贵州人民出版社

图书在版编目（CIP）数据

我歌我快乐之黎平／中共黎平县委宣传部，中共黎平县委政研室，黎平县文学艺术界联合会编. —贵阳：贵州人民出版社，2018.3

ISBN 978-7-221-09857-3

Ⅰ. ①我… Ⅱ. ①中… ②中… ③黎… Ⅲ. ①民间歌谣—作品集—黎平县 Ⅳ. ①I277.273.4

中国版本图书馆CIP数据核字（2018）第035503号

我歌我快乐之黎平

中共黎平县委宣传部
中共黎平县委政研室 编
黎平县文学艺术界联合会

选题策划： 谢丹华
责任编辑： 孔令敏
装帧设计： 黄红梅　陈红昌
出版发行： 贵州出版集团　贵州人民出版社
地　　址： 贵州省贵阳市观山湖区会展东路SOHO公寓A座
印　　刷： 贵阳佳迅印务有限公司
规　　格： 889mm×1194mm　1/32
印　　张： 4.5
字　　数： 140千字
版　　次： 2018年9月第1版　2018年9月第1次印刷
书　　号： ISBN 978-7-221-09857-3
定　　价： 29.80元

《贵州省同步小康优秀民间歌谣丛书》编委会

顾 问：顾 久

主 任：李 裴　杨梦龙

副主任：王瑞军　汪信山

委 员：梁小江　柴永兴　王 黔　王维伦　曾 征

　　　　罗吉红　傅立勇　卫建和　王定芳　蒲祖银

　　　　曹继才　包俊宜　张云长　肖 勤　姚晓英

　　　　陈 贤　龙险峰　桂 兵　刘作东　黄光兴

《我歌我快乐之黎平》编委会

顾　　问：王茂才　肖凯旋　高凌平　欧大兴

主　　任：龙 滨

副 主 任：杨昌华　杨满英

成　　员：吴宇光　姚吉宏　欧一奎　吴远隆

　　　　　吴定国　龙 迅　杨秀灼　杨南平

　　　　　潘明礼　杨光灿　吴国隆　穆群英

序

张广智

"小康不小康,关键看老乡。"党的十八大以来,贵州省把增强文化自信作为坚定理论自信、道路自信、制度自信和发展自信、跨越自信、小康自信的深厚基础,把动员群众参与作为全面小康建设的强大支撑,在全省以县为单位开展同步小康创建活动。到2015年底,全省全面小康实现程度达82%,已有21个县实现同步小康创建达标,提前实现了省第十一次党代会确定的全面小康第一阶段奋斗目标。

"党中央制定的政策好不好,要看乡亲们是哭还是笑。"在贵州省同步小康创建活动中,勤劳、善良、热情的各族人民缘物起兴、触景生情,长歌当啸、感恩谢党,创作了大量带着泥土芬芳、洋溢着时代气息的民间歌谣。2015年底,省全面小康办与省文联在全省范围内联合开展"我歌我快乐"——贵州省同步小康优秀民间歌谣征集活动,短短半年时间就征集到歌谣5万余首。这些民歌、民谣、山歌、小调,歌颂党的好政策、歌咏全面小康、歌唱幸福生活,艺术地再现了黔山秀水的时代变迁,再现了各族人民在"共筑中国梦"征程中的真情实感，再现了贵州省进入后发赶超、加快全面小康建设重要阶段的生动实践。

贵州是一个多民族聚居的省份，在中华民族大家庭中创造了灿烂的民族民间文化。这里的人民"会说话就会唱歌，会走路就会跳舞"，《好花红》《桂花开放幸福来》《山茶花开朵朵红》《情姐下河洗衣裳》等民歌脍炙人口、传唱不衰。这次征集到的《花茂人家》《情满苗乡》《茶乡童谣》《人民是线随后跟》《山里山外把门开》《毛南人家幸福多》《巴山豆叶儿长》等优秀民间歌谣，发展主题突出、民族元素丰富、地域特色明显，跳动着时代脉搏、反映着世道人心，从中可以看见撒落在乡村的历史、遗留在民间的文化，是不可多得的珍宝。今天的精品，经过时间的洗炼，必将成为明天的经典。编辑出版一套同步小康优秀民间歌谣丛书，对于增强文化自信、进而打造多彩贵州民族特色文化强省具有重要的促进作用，对于动员更多群众参与同步小康创建、谱写实现中华民族伟大复兴"中国梦"的贵州篇章更具有十分重要的现实意义。

"我歌我快乐，欢喜参你说；生活红胜火，幸福何其多！"省全面小康办、省文联组织发动市、县两级，在很短时间内完成的这项浩大文化工程，充分反映出今天这个伟大的时代人民群众多么需要歌唱，充分体现出贵州各族群众对全面小康的热切期盼与自信自强。这套丛书涵盖了省内各个民族、各个市（州）和县（市、区），并以市、县为单位分别成册，在全国尚属首创，必将为唱响贵州好声音、展示贵州好形象发挥积极而独特的作用。

（作者时任中共贵州省委常委、省委宣传部部长，现任中共陕西省委常委、省委组织部部长）

黎平县情简介

　　黎平位于贵州省东南部，地处中国侗族聚集的黔、湘、桂三省（区）交界的中心腹地，是珠三角地区经贵广高铁、高速进入贵州的第一城、第一区、第一景。立体交通快捷便利，拥有一个机场、一条高铁、两条高速。全县总面积4441平方千米，辖2个街道办事处、11个镇、12个乡、390个村、34个居委会、3088个村民小组，总人口55万，其中侗族人口占68%，是全国侗族人口第一县，是全省面积第二、全州人口最多的县。黎平山清水秀，资源丰富，被誉为"侗都黎平·颐养胜地"。

自然生态

　　黎平属于典型的山地地貌，山地面积达90%，素有"九山半水半分田"之说。县境内的山脉大多呈东北—西南走向，最高点为西北部的老山界，海拔1589米；最低点为东南部南江河出省界处，海拔137米。县境内有较长河流6条，较大支流78条，总汇流面积2632.2平方千米，约占全县总面积的59.3%，辖区内河流均达到一、二类水质标准。全县气候温和湿润，空气质量良好，森林覆盖率达74.6%。有林业用地518万亩、林地463万亩，森林活立木总蓄积量2300万立方米，是全省八个重点林业县之一。绿色林产品和动植物基因丰富，是国家级森林公园、中国名茶之乡、全国生态示范区建设试点县。

经济发展

近年来，黎平以"守底线、走新路、奔小康"为总体要求，全面贯彻落实"五大发展理念"，坚持主基调、主战略不动摇，以"文化引领、开放带动、城乡统筹"为主战略，突出生态和文化两大优势，促进"新型工业化、旅游产业化、特色城镇化、农业现代化、社会和谐化"五化融合发展。2017年全县生产总值达到83.42亿元，同比增长8.5%，规模以上工业增加值达3.21亿元，同比增长2%；500万元以上固定资产投资24.63亿元；财政总收入6.24亿元；社会消费品零售总额达23.66亿元，同比增长10%；城镇居民人均可支配收入27188元，同比增长8.9%，农村居民人均可支配收入7963元，同比增长10.4%。2017年，全县全面小康社会实现程度初测达89%。

社会事业

扶贫开发成效显著。全力实施开发扶贫与社会救助"两轮驱动"扶贫战略,做到贫困人口"应保尽保、应扶尽扶"。截至2017年末,贫困乡镇全部摘帽、18.68万人实现脱贫,贫困人口减少到59723人,贫困发生率由"十一五"期末的36.6%下降到12.01%。

坚持教育优先发展。大力实施教育"9+3"计划和"4+2"突破工程。截至2017年末,全县发展有中小学校281所,在校学生51435人;特殊教育学校1所,在校学生110人;职业技术学校3所,在校学生6078人;全县有幼儿园132所,在园(班)幼儿20827人,学前三年毛入园率94.38%。九年义务教育巩固率95.8%,高中阶段毛入学率90.2%,高考二本以上录取率达54.21%。

卫生计生同步推进。截至2017年末,全县有医疗卫生计生单位484所,二级甲等综合医院1所,二级甲等中医医院1所。全县卫生计生系统实有3377人,每千人口拥有执业(助理)医师1.92人,注册护士2.49人,每万人口拥有全科医生数0.82人。全县各级医疗机构业务用房面积已达到74695平方米,实际开放床位2690张,平均每千人口拥有床位达到4.7张。2017年,全县常住人口出生率、自然增长率分别为12.56‰、6.46‰。

大力促进创业就业。截至2017年末,新增城镇就业6473人,失业人员再就业859人,就业困难人员实现就业531人,城镇登记失业率为3.14％。

社会保障逐步完善。2017年，实施4495户农村危房改造，易地扶贫搬迁3450户14480人实现分房入住。农低保、城低保标准分别提高到人均每年3528元、每月532元，截至2017年末，有敬老院19所、福利院1所，社会救助、救灾救济、优抚安置工作有效开展，荣获省级"双拥模范县"称号。

区域文化

侗族文化古朴悠远。黎平是侗族大歌世界非物质文化遗产地和发祥地，是中国侗戏发源地，拥有世界级非物质遗产1个、国家级非物质遗产8个、省级非物质文化遗产21个，是国家级风景名胜区，侗族"三宝"——鼓楼、花桥、大歌远近闻名。全县有90个中国传统村落，是全国传统村落最多的县。肇兴侗寨被誉为"侗乡第一寨"，肇兴—堂安—天香谷—四寨—黄岗—九龙—铜关—述洞—地扪—高寅—青寨一线的"百里侗寨"，侗寨星罗棋布、大歌声声，是侗族文化底蕴最厚、传承最广、保护最好、最集中的传统区域。

历史文化源远流长。早在新石器时代已有先民生息繁衍，五帝时属西戎，周属楚，秦代属黔中郡，隋属辰州，唐为叙州、龙标县地。宋太平兴国二年（977年）置福禄永从长官司，明洪武十八年（1385年）置五开卫，永乐十一年（1413年）置黎平府。明代置府后即设立府学，至清嘉庆四十五年（1566年）黎平府学已出贡生116名，明清两代黎平府共出文举人184名、武举人52名、文进士22名、武进士8名，廪生、贡生若干，先后涌现龙起雷、梅友月、何腾蛟、朱万年、董三漠等一批有影响的历史人物。黎平古城历史悠久，是一座有600多年历史的府衙之地，明清建筑保存完好。

红色文化光照后世。中国工农红军三次过黎平，在黎平成立苏维埃基层政权——怀公平乡苏维埃政府，是中国革命老区。1934年12月18日，中共中央在红军长征途中召开的第一次政治局会议——黎平会议作出了《战略方针之决定》，为遵义会议的召开奠定了坚实基础，是中国革命伟大转折的起点，被列入全国100个红色经典景区之一。

生态文化多姿多彩。黎平是"生态之园"，生态资源丰富，山水风光优美和谐。全县森林覆盖率达74.6%，空气中负氧离子含量每立方厘米达20000—80000个，被誉为"天然大氧吧"。这里有国家林业局批准建设的国家森林公园和国家湿地公园，有被国务院公布的国家级重点风景名胜区，并被评为中国生态魅力县，这里还有埋藏于地下约3500年的杉木阴沉木和最大的天然石拱桥——高屯天生桥，是探寻远古生态的理想场所。这里也是联合国乡土文化组织确定的全球"回归自然、返璞归真"的圣地，被称为"人类疲惫心灵的栖息家园"。

编　者

2018年8月

目　录

小康黎平换新颜

小康生活谢党恩

小康美梦早日圆

小康道路党指引

Xiao Kang Dao Lu Dang Zhi Yin

克强总理到黎平

李仁新

唱支山歌大家听，黎平乙未大新闻；
乙未岁尾总理到，克强总理到黎平。
轻车简从来慰问，五十三万黎平人；
关心百姓的疾苦，农贸市场细查询。
自掏腰包买侗果，慰问蒲洞贫困人；
总理送台公平秤，县委书记捧手心。
叮嘱商人做买卖，短斤少两不可行；
黎平会址他看过，告诫历史铭记心。
穿过会址到翘街，关心商铺的经营；
感知市场的温度，经济平稳他安心。
总理亲手泡碗面，百姓吃了喜盈盈；
总理来到洛香站，高铁开通侗乡城。
肇兴侗寨绣娘坊，总理到来像亲人；
嘘寒问暖拉家常，总理关怀记在心。
如今蒲洞大变样，百姓记住总理情；
黎平人民谢总理，惠民政策得民心。
全国上下齐努力，民富国强享太平；

李仁新，男，水族，54岁，黎平县德化乡德化村村民。

城乡一起走富路，同步小康在二〇。

唱首山歌来祝福，祖国未来万事兴；

总理关怀记心上，富裕莫忘党恩情。

肇兴侗族的姑娘、小伙们在为游客表演民族歌舞（杨代富　摄）

总理来到我侗乡

石维康

喜鹊报信传四方，总理来到我侗乡；
山笑水笑人欢笑，苗乡侗寨喜洋洋。
总理来到我侗乡，锦绣黎平聚祥光；
鼓楼花桥迎贵客，村村寨寨着新装。
总理来到我侗乡，山变绿来水变长；
曙光黎平成福地，吉星高照现祥光。
总理来到我侗乡，党的关怀暖心肠；
百里侗寨歌如海，传统村落留古香。
总理来到我侗乡，走村串寨问安康；
精准扶贫目标定，全面小康有希望。
总理来到我侗乡，经典我们记心上；
弯下腰来拔穷根，携起手来奔小康。
总理来到我侗乡，黎平从此谱新章；
后发赶超新跨越，争取更大的荣光。
总理来到我侗乡，人杰地灵天地旺；
历史一页今朝写，苗乡侗寨美名扬。

石维康，男，侗族，67岁，党员，黎平县洪州镇小寨村支书。

全靠党政来引领

曾庆爱

政策胜金惠农民，全靠党政来引领；
医保低保农资补，农民有了好心情。
如今荒山变金山，种养营林遍地青；
路新屋新人更新，精神物质都文明。

党的恩情记心间

朱培武

改革开放三十年，神州大地尽桑田；
高楼林立真体面，百姓看病不花钱。
各行各业齐发展，侗乡旧貌换新颜；
"两免一补"惠教育，党的恩情记心间。

曾庆爱，男，侗族，58岁，黎平县洪州中学教师。
朱培武，男，侗族，36岁，黎平县洪州中学教师。

中央领导赴侗乡

周琴英

闲来无事编首歌，各位观众听我唱；
过去黎平是个府，现在黎平是侗都。
改革开放真是好，侗都人民心欢畅；
感谢党的好政策，侗都人民沾了光。
飞机飞到大门口，还有高铁过黎平；
厦榕高速经此过，从此改变黎平城。
车水马龙如穿梭，中外游客天天有；
日日月月在增多，到了黎平有好感。
腌鱼腌肉糯米酒，酒不醉人人自醉；
侗乡特色真迷人，生态平衡真是好。
党中央、习主席，关心群众的利益；
克强总理公务忙，乙未岁尾赴侗乡。
胡锦涛、贾庆林，到了我们黎平城；
体验侗乡的民情，侗族文化代代传。
黎平现在变了样，条条道路多宽广；
高楼大厦两边排，都是石板来镶街。
生望国际和良瑜，南泉文化广场好；

周琴英，女，苗族，57岁，黎平县上五开社区居民。

聚富广场修得高，休闲广场两相望。

翘街真是出了名，黎平会馆在东门；

党中央，毛主席，开了黎平的会议。

决定战略的路线，中国革命得胜利；

感谢各位在听唱，大家都要感谢党！

黎平米业公司工作人员在堆放山区生态优质稻米产品（杨代富　摄）

永远跟着共产党

周修琦

一

公元一九四九年，开国盛世新纪元；
开国领袖毛主席，驱散乌云见晴天。
英明领导新中国，开创中国新局面；
坚持马列的原理，结合中国的实践。
集体智慧的结晶，代代相传谱新篇！

二

德高望重邓小平，改革开放富国民；
经济建设为中心，总结内外好经验。
解放思想大讨论，重要谈话在南巡；
发展才是硬道理，中国特色定乾坤。
民富国强走富路，国际地位步步升！

周修琦，男，侗族，58岁，黎平县国家税务局干部。

三

高瞻远瞩江泽民，三代领导的核心；
继往开来新经验，治党治国方略新。
　"三个代表"指方向，立党为公为人民；
立党之本三代表，执政之基保民生。
为党为国做贡献，力量之源靠人民！

四

十六大来谱新章，锦涛领导奔小康；
科学发展指航向，以人为本志气昂。
科学发展显真理，和谐社会新气象；
八荣八耻记心上，弘正压邪不屈强。
求真务实谋发展，小康社会新希望！

五

习总掌舵党中央，步子越走越坚强；
反腐倡廉抓得紧，八项规定坚如钢。
中国梦归人民梦，二〇二〇到小康；
宏伟蓝图已绘就，民也富来国也强。
千言万语并一句，永远跟着共产党！

丙申猴年喜事多

欧一奎

丙申猴年喜事多，奏响脱贫攻坚歌；
摘掉贫困的帽子，小康生活幸福多。

丙申猴年喜盈门，感谢中央领导人；
取消二元户籍制，农民兄弟好进城；

丙申猴年喜讯来，生育二孩全放开；
一对夫妇两个宝，敏捷聪明惹人爱。

丙申猴年喜相连，侗乡发展换新颜；
生产发展百姓富，日子越过越甘甜。

欧一奎，男，侗族，32岁，黎平县全面小康办主任。

目标号角已吹响

杨建标

目标号角已吹响，小康路上尘飞扬；
大江南北人潮涌，举国上下歌激昂。

实现小康举大旗，党委掌舵政把楫；
驻村干部拿图纸，干群同攀小康梯。

侗族大歌震世喜，多彩贵州好魅力；
民族文化放异彩，歌情美酒游客迷。

青山绿水黔东南，生态资源补短板；
全州人民抓机遇，实现小康克艰难。

黎平侗都歌飘香，颐养胜地长寿康；
天生桥居世之首，鼓楼花桥引凤凰。

堂安生态博物馆，侗族文化美名扬；
侗乡米来侗茶语，农特产品万里香。

杨建标，男，侗族，78岁，黎平县罗里中学退休教师。

落实省州县略方，密鼓紧跟把旗扬；

我省各族民福祉，随同全国步小康。

大歌声声（胡宪林　摄）

幸福生活念党恩

李仁新

唱首山歌大家听，三敢精神在黎平；
一十二五刚过去，一十三五已来临。

中央发出新号召，同步小康在二〇；
基础设施变化大，城乡处处气象新。

交通闭塞搬迁走，青山绿水生态平；
自然村寨水泥路，大车小车进寨门。

村村寨寨变了样，脱贫摘帽在当今；
黎平城乡万家乐，老老少少喜盈盈。

这首山歌唱到此，幸福生活念党恩。

黎平侗乡奔小康

蓝承杰

我们黎平是侗乡，颐养胜地美名扬；
水泥公路进村寨，新建楼房亮堂堂；
侗家米酒甜又香，鼓楼花桥闪金光；
过去农村多落后，如今侗寨成画廊；
侗乡通了高速路，四海宾朋来观光；
文化旅游为引领，城乡统筹是总纲；
家家户户都欢乐，村村寨寨奔小康。

蓝承杰，男，侗族，45岁，黎平县高屯街道中心小学校长。

今日小康我来说

彭 懿

新的梦想新生活，今日小康我来说；
精准扶贫真不错，农民百姓家家乐。

看病不愁国家补，合作医疗好处多；
一事一议修公路，城乡一体大结合。

科技下乡谱新曲，农牧渔旅掌中握；
改革致富奔小康，全民迈进新生活！

彭懿，女，侗族，34岁，黎平县高屯街道科宣中心工作人员。

深化改革万事兴

杨光宗

深化改革万事兴，生财有路美前程；
种植养殖齐发展，经济开发又一程。

养猪养牛养鸡鸭，种瓜种豆好收成；
科学种田讲技术，田产稻谷两千斤。

文化知识是法宝，科学技术是明灯；
绿水青山财源广，荒坡黄土变成金。

全得国家政策好，全靠科技来扶贫；
各族人民齐努力，小康生活一定成。

杨光宗，男，侗族，62岁，黎平县平寨乡退休教师。

歌唱国家政策好

杨翠香

桃花不比桂花香，过去不比现在强；
现在全靠政策好，城乡都建高楼房。

以前走的是泥路，到处都是烂泥浆；
如今惠民政策好，村村寨寨变了样。

大街小巷都硬化，出门回家鞋不脏；
齐步小康有保障，全国人民喜洋洋。

杨翠香，女，汉族，55岁，黎平县敖市镇古风民俗传统协会会员。

讲小康来唱小康

杨胜华

讲小康来唱小康，实现小康心舒畅；
小康的路怎么走，贫困怎样才跑光。

说小康来唱小康，幸福道路个个忙；
人人走上致富路，明日生活闪金光。

昨日运输靠扁担，羊肠小道多艰难；
如今用车才是好，户户汽车停门旁。

城里楼房排对排，户对户来街对街；
农村想过好日子，勤劳肯干幸福来。

天上星星颗颗亮，幸福之路在哪方；
坐等花开无用处，靠咱双手创小康。

山坡顶上开金花，致富门路要会抓；
满山遍地都能用，走好西部大开发。

幸福生活好过多，男女老少笑呵呵；
幸福生活靠哪个，改革开放唱凯歌。

油菜开花黄灿灿，人民群众一条心；
齐心协力抓发展，遍地黄土变金银。

杨胜华，男，侗族，43岁，黎平县九潮镇贡寨村村民。

大健康　奔小康

蓝承杰

大数据，大健康，不知不觉落侗乡；
山吐绿，水流淌，人生最重是健康。

唱大歌，哼小调，一天不唱嗓子痒；
饭养身，歌养心，这里处处有歌唱。

稻鱼鸭，有牛米，家家户户禾糯香；
天香谷，高速旁，休闲观光好地方。

看侗寨，游茶乡，来到这里心舒畅；
大健康，奔小康，侗乡处处变了样。

国富民强看今朝

吴昌忠

山路弯弯入云霄，摩托小车嘀嘀叫；

昔日坑洼泥泞道，如今好似玉带飘。

村村道路得硬化，农村生活步步高；

民生工程春意暖，国富民强看今朝。

雪夜古城（胡宪林　摄）

吴昌忠，男，侗族，51岁，黎平县洪州镇中心小学教师。

小康之歌唱来听

杨翠香

南风吹来天转晴，小康之歌唱来听。

改革开放政策好，放开市场搞经营；
加快农业现代化，科技创新得提升。

城乡同步来发展，党委政府送真情；
惠民政策到基层，生活提上高水平。

我们大家齐努力，国富民强聚民心；
一年更比一年强，富足生活日日新。

创新发展国必强

杨秀山

同步小康吹号角，人民欢心不得了；
大步向前抓扶贫，家家都说政策行。

干部常抓不懈怠，精神抖擞群众爱；
小康不奔不罢手，家家户户手牵手。

团结奋进抢机遇，"十三五"后齐发力；
凝聚共识谋新路，创新发展国必强。

杨秀山，男，侗族，38岁，黎平县顺化瑶族乡党委书记。

齐心协力小康路

杨贵香

山歌唱，声远扬，我家住在好地方；
勤劳种田收成好，年年有余乐逍遥。

康庄大道修进村，惠民政策进家门；
发展产业政府助，家家同奔小康路。

出门赚钱不跑远，家乡厂区在眼前；
昔日旧房得改造，通水通电生活好。

农村处处舞翩跹，家家户户庆团圆；
党的领导真英明，人民幸福一家亲。

杨贵香，女，汉族，66岁，黎平县坝寨乡高场村村民。

同步小康众拾柴

戴廷宏

农村幸有党关怀，干部下乡入村来；
带领群众奔富路，多种经营促发财。
访贫问苦多关心，分忧解难细安排；
亲如一家出主意，同步小康众拾柴。

黎平机场（黎平县全面小康办　供图）

戴廷宏，男，土家族，51岁，黎平县农业局干部。

实现小康民安宁

潘仕超

党的领导真英明，改革开放国策新；
全国人民齐奋发，迈步小康人欢心。
人民生活多富裕，国泰民安祖国兴；
城市乡村无差距，实现小康民安宁。

再现当年红军过侗乡（胡宪林　摄）

潘仕超，男，苗族，81岁，黎平县山歌协会理事。

黎平境内的风力发电风机群（杨代富　摄）

我歌我快乐。

小康黎平换新颜

小康水电路讯房

杨　键　李宏君

小康水

天上下雨地下流，山村吃水多发愁；
初一还有半缸水，十五只见一滴油。
眼看锅儿已生锈，公婆心焚多堪忧；
小伙都往外边跑，哪个姑娘敢来留。
同步小康来帮助，高山泉水进屋头；
大管小管铺一路，龙头一扭水自流。
望天吃水成过去，如今用水再不愁；
吃水不忘党的恩，小康生活在后头。

小康电

远处小村一片片，一到晚上看不见；
不听电视机器响，只闻狗叫猪拱圈；
煤油蜡烛卖高价，只因没有架电线；

杨键，男，侗族，28岁，黎平县罗里乡经济发展办主任；李宏君，女，苗族，27岁，黎平县罗里乡政府宣传干事。

一朝盼来小康电，落后山村得改变；
洗衣煮饭按一按，家用电器多方便；
榨油打米都用电，既省时间又省钱；
科技知识进大山，农村旧貌换新天。

小康路

远看群山排对排，一条大道从天来；
小康之路如彩带，车来车往财源开。
回想过去困难多，出门要翻几个坡；
山珍侗宝出不去，金银财宝难进窝。
如今大路村村通，侗乡人民多轻松；
送货进城有车拉，娶亲嫁女婚车送。
大路送来八方财，侗寨欢歌齐喝彩；
同步小康政策好，今朝盼得凤凰来。

小康讯

三月春暖桃花开，姑娘小伙排对排；
想想如今新世界，唱首歌来表心怀。
说说现代高科技，万里也像没差距；
又听声音又见面，你说神奇不神奇？
寨上老奶想孙崽，电话打到大上海；
一句奶奶一句好，留守老人得关怀。
隔壁嘎老也时髦，闲来无事淘淘宝；

如今农村兴电商，都夸因特网络好。
发展农业新帮手，瓜果蔬菜网上走；
电商搭桥牵红线，产品销路不用愁。
现代科技小康讯，许多好处说不尽；
盼来农村大发展，同步小康享太平。

小康房

小康社会小康房，侗家小伙当新郎；
新房新被迎新人，共唱幸福祝吉祥。
要问新房哪里来，政府补贴来帮忙；
同步小康驻村队，带来帮扶暖心肠。
以前贫困无人问，屋倒房塌多凄凉；
草棚搭在山脚下，过去苦难不愿想。
如今遇上好社会，扶危济困实良方；
住进新屋人心暖，国恩党恩齐颂扬。

小康寨

今日来到罗里游，一江清水向东流；
四面群山相环抱，片片茶林绿油油；
先修油路通村寨，寨中又建大鼓楼；
家家房屋得改造，三层四层小洋楼；
道路纵横像蛛网，有水有电不用愁；
莫怕夜晚云遮月，路灯盏盏尾连头；

太阳一照就能亮，不用电来不烧油；

公共卫生同维护，村容寨貌数一流；

小康生活共创建，改水改厕赛城头；

罗里真是好地方，你若来了不想走；

建设社会新典范，小康路上手牵手。

秋水涟涟急行舟（胡宪林　摄）

共建和谐小康村

胡祖润

家乡建设景色新，男女老少喜盈盈；
渠水引渡康福寿，道路带来金玉银。

危房改造换新貌，大厦落成耸入云；
街道硬化齐齐整，消防设施样样新。

沈团人民同携手，共建和谐小康村；
致富不忘感谢党，饮水常思挖井人。

胡祖润，男，侗族，55岁，黎平县高屯镇沈团村12组村民。

侗家生活充满歌

姚吉宏

明月朗朗哟我楼前坐，

手弹琵琶唱侗歌，

琴韵邀请月作客，

歌声逗引月里娥，

摘个金橘送你吃，

舀碗米酒给你喝。

今天日子甜如蜜，

侗家生活充满歌。

晚风轻轻哟我楼前坐，

牛腿琴声伴侗歌，

明月笑着把头点，

嫦娥与我来对歌，

同唱一支丰收曲，

林茂粮丰乐呵呵。

今天日子甜如蜜，

侗家生活充满歌。

姚吉宏，男，侗族，49岁，中共黎平县委宣传部常务副部长。

农村幸福康庄道

杨贵香

山歌唱、声远扬，我家住在好地方；
勤劳种田收成好，年年有余乐逍遥。

康庄大道修进村，惠民政策进家门；
发展产业政府助，齐心协力小康路。

昔日旧房已改造，孩儿新婚洞房闹；
出门赚钱不跑远，家乡厂区在眼前。

农村新年舞翩跹，家家户户庆团圆；
党的领导真英明，人民幸福一家亲。

唱支山歌表心怀

吴明光

唱歌我是头回来，初初登上唱歌台；
别的闲言我不唱，唱支山歌表心怀。

国家政策实在好，全国人民笑颜开；
先前走的烂泥路，如今走的硬化街。

种田又有机耕道，不用肩挑背驮来；
水管接进厨房里，龙头一扭水自来。

房屋维修有补助，"皇粮"国税全免光；
孤寡老人有低保，年年还发救济粮。

子女读书免学费，食堂饭菜有营养；
看病住院有农合，三病两痛心不慌。

党的恩情唱不尽，唱支山歌表真情；
我的山歌唱不好，还望大家耐心听。

吴明光，男，侗族，50岁，黎平县德顺乡平阳村1组村民。

同步小康心连心

杨昌圆

酒杯斟满敬恩人，感谢中央领导人；
党的政策真的好，改革开放到农村。

村村都通致富路，户户都有致富经；
人人喝上自来水，洗衣做饭真省心。

村中路灯高高照，硬化步道到家门；
共同建设新农村，同步小康心连心。

杨昌圆，女，侗族，69岁，黎平县坝寨乡高场村村民。

小康赞歌四首

杨光灿

黎平殷富步小康，全县人民喜气扬；
圆梦有期堪圆梦，风光无限遍四方。
腾飞高铁通大路，振翼航空谱乐章；
游客如织歌韵漾，城乡巨变更辉煌。

国泰民安大地钧，小康诗赋赞黎平；
生活殷富人礼让，风气淳朴酒更香。
服饰展出苗寨美，大歌唱响侗乡情；
两高奋起腾飞步，圆梦神州万象新。

百姓讴歌万事通，黎平风貌大不同；
钟灵毓秀山河壮，霞蔚云蒸景色红。
服饰奇葩歌盛世，花桥舞凤聚高朋；
航空铁路接天地，经济腾飞奋进中。

赞美黎平变化佳，民族文化展奇葩；
山清水秀天然画，气爽秋高锦上花。

杨光灿，男，侗族，57岁，黎平一中教师。

国泰民安香烈酒，粮丰林茂醉清茶；
芦笙牯藏风情艳，鼓瑟赛歌盛世华。

春暖冰消喜气腾，河山翡翠更欣欣；
黎平面貌天天变，百姓生活日日新。
复道凌空驰铁马，鼓楼拔地荡浮云；
民族融泄甘棠颂，圆梦蓝图已画成。

国泰民安盛世交，飞歌天籁彻云霄；
生活美满空前古，社会和谐格外牢。
黎庶长圆兴旺梦，芦笙永庆小康饶；
政治清明经济好，无限风光步步高。

赞美中国

歌唱神州万象新，民安物阜笑盈盈；
政通人和风光美，圆梦蓝图描绘成。

赞美肇兴

米饭养身歌养心，鼓楼凝聚侗乡情；
花桥服饰习俗美，无限风光在肇兴。

赞美黎平

赞美黎平变化多，民族文化没得说；
芦笙牯藏风情艳，坡上河边到处歌。

走进春天（戴廷宏　摄）

我赞侗乡新黎平

杨 健

天上星星颗颗明，我赞侗乡新黎平；
高铁高速门前过，飞机掠过头顶云。

四通八达交通好，青山绿水气象新；
城乡旧貌新颜改，黎平侗乡处处春。

鼓起劲来抓发展，弯下腰来拔穷根；
党政领导群策力，平民百姓同齐心。

生态环境保护好，璀璨文化像明星；
颐养胜地千年好，小康日子万年春。

杨健，男，苗族，46岁，黎平县大稼乡中心小学教师。

侗乡山村日益新

龙　迅

侗乡山寨变样了，村民个个心欢喜；
侗乡山寨三大变，慢慢听我说一说。
一说村民思想变，思想变得更科学；
科学思想来引导，因地种养挣钱多。
得钱来把家园建，小康之家楼房多；
村民居住新楼房，侗乡人人庆三多①。
二说侗乡环境变，环境变得如仙阁；
鼓楼花桥寨中立，花街木楼添画阁。
文房四宝堂中摆，博士硕士出得多；
不信君到北京看，北大都有侗妹哥。
三说侗乡交通变，交通便利车穿梭；
山路变得无人走，出门乘坐客车多。
高速公路山寨过，高铁动车穿山乐；
侗乡已有航空港，飞机天天侗乡落。

注：①三多，祝颂之辞，指多福、多寿、多男子。

龙迅，男，侗族，55岁，黎平县作家协会会员。

侗乡村寨变了样

潘明礼

月亮出来亮汪汪，月亮照水水照江；

江边有个侗家寨，灯火通明亮堂堂；

以为误闯到仙境，原来侗寨赛天堂；

过去都住破烂屋，如今都是大楼房；

一条油路通寨门，小车农机隆隆响；

户户都有大彩电，家家都装互联网；

步道硬化自来水，城里不比山村强；

危改直补得实惠，勤劳致富进小康；

一年四季歌声起，人逢盛世精神爽；

鼓楼坪上多热闹，姑娘小伙练歌忙；

小孩学歌老的教，老老少少喜洋洋；

如今侗寨多元化，传统现代两不忘；

老奶个个用手机，噶老也在学上网；

侗乡处处气象新，村村寨寨变了样；

还是惠民政策好，百姓感谢共产党。

潘明礼，男，侗族，52岁，黎平县第五中学教师。

如今乡村换新颜

潘明礼

今日乡村真漂亮，男女老少精神爽；
通村公路宽又平，家家户户盖新房。

惠农政策得民心，党领我们奔小康；
农民生活无限好，中央精神指方向。

乡村走向城镇化，感谢伟大共产党！

春风送来好政策

陆再志

惠民政策谱新篇，农村处处拓新天；
蓬门茅舍成旧事，农民居所换新颜；
绿叶红花扮大道，池塘河岸镶金边；
水电路讯新村貌，产业发展跨步前；
踏上和谐小康路，幸福生活万万年。

陆再志，男，侗族，31岁，黎平县委、县政府督查室干部。

堂安住在云端上

杨 忠

堂安在云上，天高空气爽；
侗乡第一泉，游客争品尝。

梯田接白云，牛羊沐夕阳；
虫茶香世界，陈酒醉八方。

我本闲居者，久住云端上；
堂安是我家，我比神仙强。

杨忠，男，侗族，52岁，贵州省美术家协会会员、黎平县美协副主席兼秘书长。

共同建设新农村

杨昌圆

酒杯斟满敬恩人，感谢致富领路人；
党的领导真正好，惠民政策到农村。

村村都通水泥路，户户都有致富经；
家家用上自来水，洗衣做饭真省心。

步道硬化路灯亮，一事一议得民心；
齐步迈向小康路，共同建设新农村。

今非昔比山旮旯

毛世斌

春雷一声十八大，民生策略振中华；
新村好比一枝花，沐浴春风吐新芽。
水泥公路通村寨，无线网络联万家；
今非昔比山旮旯，奔向小康乐开花。

全面小康奔富路

粟银政

如今农村生活好，人在盛世享太平；
瑶族儿女齐欢笑，惠民政策得人心。
村村寨寨变了样，党的宗旨为人民；
全面小康奔富路；共产党是大恩人。

毛世斌，男，侗族，43岁，黎平县洪州中学教师。
粟银政，男，水族，40岁，黎平县雷洞乡培福村支书。

春无闲田气象新

龙 军

暖暖春风抚丛林，浓浓花香遍乡村；

绿波漫漫迎骄阳，溪流声声伴蛙声；

红装妇女溪边洗，短褂男儿田地耕；

·三月四月多农事，春无闲田气象新；

谁领人民奔富路？毛邓江胡习近平。

龙军，男，侗族，45岁，黎平县大稼乡中心小学教师。

忆苦思甜赞如今

杨翠香

坐在家中无事做，编支山歌唱来听；
回想从前苦得很，没有饭吃吃芒根；
儿女想要上学校，家中又无钱一分；
无钱子女穿破烂，有钱人家人上人；
还是现在政策好，上学不花钱一分；
穷人过上好日子，家家户户喜盈盈；
全靠党的好领导，千秋万代记党恩。

侗族山村过大年

潘明礼

月亮圆，鼓楼尖，
圆圆月亮挂天上，
尖尖鼓楼耸云天。
杀大猪，过大年，
大歌声响传天外，
男女老少尽欢颜。
唱侗戏，猜酒拳，
家家日子红似火，
户户欢歌庆团圆。

高屯是个好地方

欧一奎

农业

高屯是个好地方，大田大坝水汪汪；
蔬菜水稻满田坝，水果茶叶遍山梁；
养得猪牛头头壮，鸡鸭鹅鱼满山庄；
现代农业有特色，绿色食品上市场。

旅游

东风林场空气鲜，飞龙洞里别样天；
八舟山水美如画，天生桥上过神仙；
村村都搞农家乐，旅游放松好休闲。

交通

三黎高速穿境过，机场起降航班多；
村寨都是硬化路，机耕道上车穿梭；
立体交通已形成，全面小康路更阔。

我爱我的花苗歌

吴光跃

唱支山歌伴口玩，太平盛世爱歌唱；
田生田宝编歌曲，编来凡间闹凡阳。

乡有俗来苗有礼，有礼无歌不成行；
花衣苗族十八寨，男女老少喜洋洋。

党引群众走富路，人民生活奔小康；
苗家光景年年好，太平盛世久久长。

吴光跃，男，侗族，45岁，黎平县德顺乡张鲁村村民、花衣苗歌师。

如今八舟真的好

吴绍君

八舟有条八舟河，清澈见底荡碧波；

村南有条青龙岭，村北有座仙人坡；

村西有个芳台脑，村东古树胜桫椤；

山清水秀风光好，钟灵毓秀人才多；

锦上添花在今日，天时地利与人和；

政府投资建示点，八舟变成安乐窝；

从前脏乱加上差，如今整洁加和谐；

从前街道弯又窄，如今平坦加宽阔；

从前都是茅草屋，如今高楼多巍峨；

三条大道进寨子，四通八达方便多；

政府打造旅游点，八舟民众受益多；

旅游季节到来时，五湖四海游客多；

家家从事服务业，收入就比种田多；

如今八舟真的好，开心妹子乐坏哥；

年轻媳妇暗庆幸，幸好嫁给八舟哥；

八舟后生更得意，不愁难得讨老婆；

中年妇女也潇洒，腰鼓敲得乐呵呵；

吴绍君，男，汉族，62岁，黎平县退休教师。

老人个个有所养，低保也能够生活；

饭后闲了无事做，打点小牌来取乐；

有的爱好摆门子，端着茶杯跷起脚；

从前哪有现在好，天地之别差得多；

党恩浩荡民享福，安居乐业万民和；

风调雨顺年景好，河清海晏唱颂歌。

宝寨春色（戴廷宏　摄）

我爱我的瑶族乡

吴定国

三十年瑶族乡，
灿烂辉煌，
万千风采瑶家寨，
沧桑巨变入眼来，
顺化的山青，
瑶乡的水长，
杉林竹林绿葱葱，
层层梯田入云巅，
告别了刀耕火种，
告别了矮屋低棚，
瑶乡旧貌换新颜，
山里城市美名传，
这是我的瑶族乡，
我心爱的家乡。

三十年瑶族乡，
人民安康，

吴定国，男，侗族，63岁，黎平县退休干部。

千言万语歌中表，
民族团结一家亲，
顺化民风古朴，
瑶乡人们年轻，
沐浴着雨露阳光，
在这里播种希望，
盘王的子子孙孙，
昂起头挺起胸膛，
告别贫困走向小康，
瑶乡富强造就天堂，
生活像城市人一样，
这是我的瑶族乡，
我心爱的家乡。

中国梦，
瑶乡梦，
梦和祖国一样，
建设梦幻家园，
吹起芦笙，
跳起舞，
我们放声歌唱，
我爱我的瑶族乡。

下温是个好地方

吴昌忠

下温是个好地方，青山环绕两条江；
广福山中存古韵，桥头古堡镇龙王；
榜上梯田增秀色，大田大坝产丰粮；
十里八村传佳话，地灵人杰美名扬。

下温是个好地方，茅屋变成砖瓦房；
亮丽工程进村庄，家家户户亮堂堂；
水泥公路平宽敞，街道整洁尘不扬；
昔日步行去赶场，今有小车候身旁。

下温是个好地方，桥头树下好乘凉；
双桥联通致富路，四通八达到南洋；
桥下绿水声声唱，日夜东流济长江；
山村辈有人才出，建设祖国奔四方。

下温是个好地方，物华天宝鱼米乡；
感谢政府感谢党，带领群众奔小康；
惠民政策时时享，民生工程福泽长；
紧紧跟随共产党，小康路上谱华章。

古州罗里万年强

杨焕勋

龙头龙尾喜洋洋，罗里是个好地方；
住宅本是吉祥地，大田大坝像平洋。
左有青龙来环抱，右有白虎护吉祥；
前有朱雀来照应，后有玄武来帮忙。
后龙有座文笔山，门前溪水缓流淌；
前朝皇帝来赐名，古州罗里名远扬。
官称古州长官司，屯兵修养好地方；
民称八万军管府，历史府志可考量。
当时古州的名望，比那榕江县城强；
罗里原名是古州，寨中设立府衙房。
衙门四周石条做，门前石狮把头扬；
两边都有花石印，钟鼓安放古松旁。
历史一去不复返，如今罗里更辉煌；
村容寨貌有特色，五谷丰登样样强。
全寨人数两千口，田坝能产万担粮；
寨边留有千年树，山上绿树变银行。
又有千年古庙宇，白塔立在山前方；

杨焕勋，男，侗族，70岁，黎平县罗里乡罗里村村民。

寨中建有乡政府，清江水上建桥梁。

烈士墓亭在庙边，过桥能到乡银行；

街道平坦硬化路，人车来往赶场忙。

街边建有乡医院，遇到病痛有医方；

政府建立文化站，敬老院在它一旁。

全靠国家政策好，如今罗里大变样；

欢迎东南西北客，来此旅游和观光。

吃水不忘挖井人，百姓感谢共产党；

同步小康入盛世，古州罗里万年强。

堂安梯田（戴廷宏　摄）

顺化是个好地方

杨秀山

顺化是个好地方，山清水秀空气爽；
侗族大歌多响亮，苗族山歌情意长。

瑶族歌谣悠悠醉，多元文化好风光；
歌唱党的政策好，人民政府策略强。

电通灯亮电视响，路通便民财源长；
水通生活得解放，网通富民信息强。

合作医疗保安康，低保生活有保障；
危房改造换新貌，养老保险老心安。

驻村干部来帮忙，第一书记献良方；
精准扶贫来实现，脱贫致富奔小康。

瑶乡水寨变化多

一

龙文光

雷洞乡间住瑶家，今昔相比变化大；
过去生活实在差，改革之后美如画。

乡通电网记九五，普通村路念零八；
脱掉文盲过普九，男女老少有文化。

科技兴农多增产，吃用有余上市场；
村民好客餐桌盛，泡酒腌鱼腊肉香。

幸福生活党引导，美化家园政府帮；
村寨步道都硬化，出入平安不迷茫。

家家电视电冰箱，电话网络处处通；
摩托农机户户有，铁牛耕地电谷桶。

因有政府好领导，再有农村党带头；
目前两茶正建设，计划未来搞旅游。

龙文光，男，侗族，47岁，黎平县雷洞乡弄大小学教师。

如今幸福谢党情，勤劳致富跟党走；
干部群众齐心上，小康路上不回头。

千言万语表不尽，百姓心中喜洋洋；
携手同心奔富路，水寨瑶乡更辉煌。

顺化瑶族乡欢庆建乡30周年（胡宪林　摄）

小康生活谢党恩

Xiao Kang Sheng Huo Xie Dang En

紧紧追随党中央

欧一奎

五星红旗迎风扬，祖国漫天飞霞光；
紧紧追随党中央，脱贫致富有方向。

全面小康人向往，各族人民斗志昂；
依法治国讲规章，公民权利有保障。

从严治党抓得紧，风清气正创业忙；
深化改革入各行，释放红利惠城乡。

各个领域都创新，绿色发展求质量；
协调发展利共享，开放带动国更强。

群众路线走得好，党员干部立形象；
宏伟蓝图已绘就，二〇二〇到小康。

一年更比一年强

杨昌宁

城乡携手奔小康，祖国明天有希望；
党来绘就中国梦，一年更比一年强。
惠农政策得民心，脱贫致富有保障；
甩掉陋习拔穷根，人民生活万世昌。

油茶丰收（杨代富　摄）

杨昌宁，男，侗族，47岁，黎平县德凤街道蒲洞村9组村民。

党待群众如珍宝

罗文光

各位静静听我唱，唱首赞歌谢党恩。

细细数来党真好，党帮我们来养老；
六十以上能享受，党恩呵护暖心头。

领路脱贫奔小康，心中默默祝福党；
试问古来谁最好，党待群众如珍宝。

罗文光，男，侗族，65岁，黎平县地坪乡地坪村村民。

普天同庆盛世平

胡祖润

日丽风和闹新春，笙歌燕舞迎亲人；
青山衬托常绿水，党举善策惠人民。

洋房再建木楼阁，网络电视配高清；
苗乡铺平致富路，侗寨装上指路灯。

生活环境大变样，安居工程惠苍生；
九州同铸中国梦，普天同庆盛世平。

各族感谢十八大，团圆饭上话党恩！

党的政策宽人心

吴平叶

党的领导真英明，惠民政策宽人心；
同步小康真正好，农村面貌气象新；
家家都有自来水，电灯电视亮晶晶；
村村寨寨变了样，全靠政府来关心；
防火安全抓得紧，安全防火第一名；
我们个个都遵守，人人都是一条心；
全靠党的领导好，修建公路到家门；
老老少少多高兴，买车建房新农村；
党的政策真是好，分田到户与个人；
个个都种杂交稻，杂交种子产量增；
不荒田来不荒地，国家补助有奖金；
科技种田人兴旺，每亩达到几千斤；
合作医疗真是好，国家好处说不清；
住院费用一千整，国家补助八百零；
小康生活过得好，老人越过越年轻。

吴平叶，女，苗族，50岁，黎平县高屯街道中黄村妇女主任。

我用真情歌颂党

彭昌敏

公路修到侗家寨，男女老少喜洋洋；
惠民政策进农家，农民群众心欢畅。

中央政策来引领，五个建设记心上；
如今农村生活好，感谢政府感谢党！

两会精神放光芒，扶贫攻坚谱新章；
我用真情歌颂党，侗乡儿女奔小康！

彭昌敏，女，汉族，52岁，黎平县住建局干部兼高屯街道沈团村第一书记。

歌颂党的好政策

欧邦信

党的富民政策好，大家都把建设搞；
修桥修路修水渠，人民生活乐逍遥；
十八大来指方向，政策暖心出新苗；
齐心协力建四化，全村群众意志高；
三农下乡送科技，欢天喜地锣鼓敲；
政府领导系民意，帮扶驻村一肩挑；
群众走上富裕路，脱贫致富穷根消。

欧邦信，男，汉族，58岁，黎平县高屯街道小里村村主任。

富民政策惠农家

毛世斌

三省坡下是我家，摩天岭上嬉云霞；

绿水青山大氧吧，载歌载舞胜芳华。

吊脚楼里兴歌会，鼓楼堂前弹琵琶；

欲问此乐因何起，富民政策惠农家。

瓜果飘香（黎平县全面小康办　供图）

国策好传民歌唱

吴正刚

侗译：泥头屋凳光岑己，宁们得底蒙洋洋；

利党领导赖列先，生活美满短补亥愁忙。

帅到郎娘月义岁又兰，国策帅参到呀蒙听亮；

你宁多嘎老宁以，千补能归完吗号补江。

乃没闷汤现晒细，省老说里帅到省你降；

省乃王赖帅到多噶耶，灭透省念没内送定光。

汉意：太阳出来照四方，黎民百姓暖心肠；

有党领导百样好，黎民饱暖比往强。

弘扬民族文化大欢喜，党恩浩荡如水长；

老少欢欣乐歌舞，千江万水随波浪。

党的开放心肠暖，国策好传民歌唱；

今朝领导黎民拥，百姓心中有安康。

吴正刚，男，侗族，53岁，黎平县口江乡银朝村村民、省级侗戏传承人。

岁月逢春花盛开

吴正刚

侗译：春夏吐冬孟嫩花各种，里王套勇岑套共；

乃中国梦酿呀赖列样，党的开放呀乙怒美梦；

重视民族帅到吗月兰，国策帅参送到兰鸟龙；

许八里年送帅刚，研赖月兰补条神戛共；

洽弄占桃尧研主，乃吊且唱乙补亥我年亥年。

汉意：岁月逢春花盛开，今朝时代更繁荣；

中共开创新世纪，从古到今实不同；

重视民族古文化，花开怒放暖心中；

万众齐心把歌唱，心怀党恩乐融融；

同心奋进中国梦，党风纯正人人拥。

感谢祖国感谢党

毛世林

感谢祖国感谢党，新旧社会不一样；
如今生活实在好，经济富裕又安康。

感谢祖国感谢党，城乡发展谱新章；
歌唱中国新纪元，千年圆梦达愿望。

感谢祖国感谢党，带领我们奔小康；
携手实现中国梦，幸福日子飘馨香。

感谢祖国感谢党，同心协力创辉煌；
逐步迈进现代化，续写中华新篇章。

毛世林，男，侗族，31岁，黎平县水口镇小学教师。

侗乡感谢共产党

石勋祖

闲来无事唱支歌，歌唱侗乡新生活；
党的政策实在好，男女老少都欢乐。
城市建设变化快，农村生活改变多；
如今奔向现代化，学科学来用科学。
村村都用机械化，寨寨都已通网络；
人人身上揣电话，家用电器不用说。
这个年代实在好，城乡过上新生活；
到了六十领低保，老来不用去奔波。
党为人民多周到，又搞医疗来合作；
身体不好去看病，买药不用花钱多。
又有人身来保险，人民生活安全多；
子女读书不花钱，免费吃饭营养多。
日子越过越好过，心情舒畅乐呵呵；
党为人民谋天下，富民政策惠全国。
党的恩情永不忘，永远牢记我心窝；
我们永远跟党走，幸福生活万年合。

石勋祖，男，侗族，48岁，黎平县坝寨乡中心小学教师。

依法治国振民心

吴胜华

十八大上话语真，举国上下心欢腾；
依法治国振民心，文明管理正道行。
不贪不占不行贿，触犯法律不容情；
为人做事要公正，符合党纪和民心。

稻田里收生态稻（杨代富　摄）

吴胜华，男，侗族，39岁，黎平县茅贡镇农民。

党的恩情记在心

邹文彩

各位观众老少们，小康生活唱来听。

家家住得亮堂堂，个个穿得色色新；

身上钞票胀鼓鼓，饭菜吃得香喷喷。

饭后又跳广场舞，有的养生饭后行；

有的在家玩电脑，有的又翻生意经。

种田又免公粮税，种粮补贴暖人心；

和谐社会实在好，改革开放到农村。

感谢党的好领导，党的恩情记在心；

我们大家要珍惜，争取当个好村民。

邹文彩，女，汉族，58岁，黎平县敖市镇古风民俗协会会员。

治国理政水平高

龙绍君

习主席是好领导，高瞻远瞩威望高；
外交日益在发展，国内治理策划高；
多交世外好朋友，一路发展创英豪；
强军治国有方略，科学发展层次高；
习总真是好领导，益寿延年百岁高。

龙绍君，男，汉族，60岁，黎平县大稼乡高枧村支书。

党的恩情数不完

吴胜章

党恩情天高地厚，父母官一心为民；
修公路四通八达，架桥梁政府帮扶。

通信网络全覆盖，水泥公路遍山村；
种田地靠机械化，买粮种享补贴金。

无儿无女国家养，孤寡人也不劳心；
读书郎享助学金，数不完的党恩情。

吴胜章，男，侗族，68岁，黎平县茅贡镇地扪村村民。

若是想过好日子

龙绍君

党的十八大，政策人人夸；
习主席领导，温暖送万家。
惠民政策好，反腐人人夸；
老虎苍蝇跳，谁跳把谁抓。

丰收的喜悦（胡宪林　摄）

帮扶干部进寨门

石亮智

风吹百合笑盈盈，帮扶干部进寨门；
走村串户家常摆，政策宣传暖人心。

办事认真又踏实，成为群众贴心人；
项目落地实施快，古老山村气象新。

村头刚修敬老院，寨中戏台又建成；
产业带动出新路，和谐侗乡新农村。

石亮智，男，侗族，42岁，黎平县永从乡永从村党支部书记。

八项规定树新风

龙立慧

轻车简从树新风，精简会议话不空；

内容无实概不发，规范出访弃随从。

交通管制不封路，新闻报道要适中；

个人出书不乱写，配房配车勿纵容。

国家重点文物保护单位——地坪花桥（胡宪林　摄）

龙立慧，男，侗族，41岁，黎平县坝寨乡蝉寨小学教师。

鳌歌答谢党恩情

吴炳年　潘远花

我来台上把歌轮，唱支鳌歌给党听；
一来歌声不响亮，二来歌声调不匀。

管它歌声好不好，民族风俗要继承；
有了党的好领导，我们才能放宽心。

今天我们把歌唱，幸福日子万年春；
三鳌寨住深山内，通电通路变新村。

国策好来年成好，惠民政策得人心；
感谢国家感谢党，党是致富引路人。

带领大家同致富，同奔小康喜洋洋；
我愿大家都记住，把党恩情记在心。

吴炳年，女，苗族，60岁；潘远花，女，苗族，62岁，两人均为黎平县大稼乡岑
蔇村村民。

幸福生活万年长

石含培

侗乡人民把歌唱，祖国处处好风光；

党的政策实在好，领导人民奔小康；

城市建设大发展，农村面貌换新颜；

致富创业大发展，民也富来国更强；

村村寨寨通公路，稻谷柴草用车装；

家家过上好日子，高楼大厦一幢幢；

电灯电话家家有，手机人人揣身上；

想看新闻有电视，一家老少乐无疆；

饮水用水更方便，水管直接到厨房；

社会和谐得改善，民族团结更加强；

我们永远跟党走，幸福生活万年长。

石含培，男，侗族，67岁，黎平县孟彦镇八柳村村民。

党的恩情天样大

周培凤

惠民政策到农村，免粮免税免代金；
高架电网入山寨，家家户户亮电灯。

劈山修路搞建设，公路修到各乡村；
民房破烂有危改，老人都有养老金。

义务教育全免费，医保改革保民生；
党的恩情天样大，子孙后代铭记心。

周培凤，女，侗族，45岁，黎平县山歌协会会员。

恭贺祖国万年长

杨金茂

猴年新春喜洋洋，举国上下庆吉祥；
龙飞狮舞来庆贺，九州大地奔小康。
城乡生活一个样，党的光辉放光芒；
深化改革春风暖，齐心协力奔小康。
习总提出中国梦，华夏子孙都向往；
精准扶贫要牢记，扶贫项目人人忙。
人民勤劳和为贵，经济宽裕纳吉祥；
人均收入上万数，家家户户建楼房。
电通水通路平坦，村村寨寨新气象；
发展才是硬道理，国也富来民也强。
高速高铁到家乡，又有飞机来领航；
科技创新上台阶，高新技术筑国防。
翻天覆地变化大，一年更比一年强；
党的领导真正好，恭贺祖国万年长。

杨金茂，男，侗族，53岁，黎平县罗里乡罗里村支书。

小康美梦早日圆

Xiao Kang Mei Meng Zao Ri Yuan

一心要把美梦圆

杨胜刚

日月朗朗共蓝天，和谐社会太平年；
幸有党政好领导，国富民强乐无边。
如今世态实在好，日子越过心越甜；
齐心共圆中国梦，各行各业记心间。
看到家乡新改变，总是新年胜旧年；
别的内容不敢说，单说我们的校园。
昔日校舍多破烂，只盼晴天怕雨天；
若是天晴三间屋，下雨变成塘三间。
如今校舍换新貌，脱了旧貌换新颜；
教室宽敞又明亮，球场绿树美校园。
崭新课桌和黑板，师生教学喜心田；
住宿生活得改善，白天又有营养餐。
学校食宿都方便，教也心安学也安；
本人身为教书匠，身感重担落在肩。
浇灌祖国的花朵，时时记在我心间；
三尺讲台我站定，已经站了几十年。
如今心思仍不变，一心要把美梦圆；

杨胜刚，男，苗族，57岁，黎平县平寨乡高沙小学教师。

教好山村的学子，让其飞出这山间。

长大学好真本领，回来振兴自家园；

来日家乡更巨变，他年古稀笑开颜。

侗族拦门酒（黎平县全面小康办　供图）

圆圆的日子圆圆的希望

姚吉宏

圆圆的太阳照耀着侗乡，
圆圆的日子圆圆的希望，
圆圆的水车圆圆的鱼塘，
圆圆的瓜果丰盈的粮仓，
我们用劳动回报春天，
圆圆的汗珠圆成了侗家人甜蜜的向往，
是谁在把金芦笙吹响，
歌声绕着太阳飞翔。

圆圆的月亮落进了侗乡，
圆圆的日子圆圆的希望，
圆圆的鼓楼圆圆的歌堂，
圆圆的笑脸热情的目光，
我们用丰收回报大地，
圆圆的喜悦圆满了侗家人美好的向往，
是谁在把牛腿琴拉响，
歌声绕着月亮飞翔。

想起侗乡我的家

姚吉宏

想起侗乡我的家，

山山水水美如画，

白云缭绕青山顶，

杜鹃红艳满山崖，

花桥如虹江上悬，

鼓楼擎天迎彩霞，

侗乡山有情哟水有义，

离开多久也忘不了侗乡我的家。

想起侗乡我的家，

丝丝缕缕总牵挂，

阿爸酿的糯米酒，

阿妈打的香油茶，

哥弹琵琶唱新曲，

妹妹说的贴心话，

侗家人有情哟也有义，

走遍天涯也忘不了侗乡我的家。

想起侗乡我的家，

如今生活美如画，

团团圆圆哆耶舞，

动听的大歌传天下，

携手齐奔康庄道，

幸福日子乐开花，

吊脚楼里同把酒歌唱，

美好的祝福呵献给侗乡我的家。

千人长桌宴（熊正安　摄）

农民的梦

吴定国

还是那块地，

还是那片田，

千百年的生计，

国以民为本，

民以食为天，

农民的梦是那么遥远。

不是那块地，

不是那片田，

农业综合开发，

科技兴农业，

换了一片天，

农民的梦不再那么遥远。

稻菽千重浪，

葡萄瓜果甜，

鱼儿水中游，

六畜挤满圈，

机器马达响，

侗乡换新颜，

农民的梦是那么甜。

夏蓉高速肇兴至水口段（胡宪林　摄）

我是九潮人

吴定国

一方水土养一方人，
这方水土最多情。
你要问我在哪里？
我是这方九潮人。

我们九潮镇，
黎平西大门，
黎榕通衢，
兵家必争，
高山盆地，
一马平川，
河溪幽幽清，
九桥传说从古到今，
养育九潮人。

我们九潮镇，
民族花似锦，
苗侗壮汉瑶，

民族文化久传承，
曰寨古屋倒金塔，
新寨芦笙舞激情，
定八巧手绣霓裳，
顺寨琵琶歌最多情，
天锅塘神秘浪漫，
古井流淌到如今，
九潮大米香喷喷，
土生土长是上品。

我们九潮镇，
热血在沸腾，
创业何所惧，
农村建设日日新，
一方水土养一方人，
我是这方九潮人，
九座桥是幸福桥，
幸福桥上幸福人，
我是九潮人。

国泰民安奔小康

彭 鋆

镰刀斧子闪金光，目标只为民富强；
玉宇琼楼拔地起，城乡四化景苍苍。

尊老爱幼良风树，社会和谐万世昌；
重技兴科行业胜，民安国泰建康庄。

红阳高照林葱葱，春雨润浇叶更浓；
硕果峭拔千姿态，人心所向舞东风。

富民政策暖胸怀

欧邦信

农村建设变化快，富民政策暖胸怀；
人民群众鼓干劲，水泥马路修进寨。

齐心建设新农村，买车又把高楼盖；
人畜饮水惠民意，清澈泉水流出来。

家家户户生活好，男女老少乐开怀；
感谢党的政策好，人民生活小康迈。

乡村处处是春天

吴昌忠

责任山来责任田，农民兄弟命相连；
党的政策实在好，蓝图规划七十年。

村村寨寨齐上阵，乡村旧貌换新颜；
昨日荒山成绿岭，冷泥烂锈变良田。

春季彩蝶花间舞，夏日禾苗碧连天；
秋天硕果枝头笑，冬来美酒庆丰年。

山清水秀风光好，农家乐里好休闲；
小康路上齐迈步，乡村处处是春天。

移民新村奔小康

杨金茂

罗平街来罗平街，春节晚会自安排；
自编自演好上镜，喜在心中乐在怀。

门前屋后路灯亮，崭新食堂立起来；
村有养猪合作社，脱贫致富乐开怀。

通水通路通网络，各种项目引进来；
感谢党委的关照，多谢政府多关怀。

日子越过越红火，财源广进滚滚来；
唱支山歌略表意，多谢党的好安排。

和和气气过光阴

邹文彩

各位领导同志们，党的政策得人心；

别的山歌我不唱，就唱怎做和气人；

天上星多月不明，塘中鱼多水不清；

世上的人要和气，几人能有百岁春；

天上和来风雨顺，地上和来万物生；

文武和来管天地，将相和来管乾坤；

百姓和来不告状，官兵和来不害民；

经商和来顾客广，房族和来家业兴；

弟兄和来家庭顺，妯娌和来家不分；

夫妻和来生活好，姑嫂和来不相争；

亲戚和来好行走，邻居和来好相称；

你和我来我和你，和和气气过光阴；

小康生活过得好，幸福日子国太平。

幸福生活奔小康

杨翠香

月亮出来亮堂堂，唱支山歌表心肠；
我们要把田种好，不把农田来撂荒。

过去种田无肥料，现在化肥用车装；
化肥种田禾苗壮，家家稻谷收满仓。

城乡携手齐努力，大家共同奔小康；
我们过上好日子，一年更比一年强。

三鳘人民颂小康

吴汉生

唱支鳘歌给党听，三鳘之人好歌声；

民族唱法歌声起，颂党政策暖人心；

党的政策实在好，引领人民大翻身；

同步小康康庄道，四合墙院满园春；

民居生活有保障，惠民资金撒乡村；

产业规划谋发展，致富能人大显身；

危改棚改同开工，穷人乔迁进新居；

千家万户庭院样，喜事连连闹盈盈；

如今农村大变样，基础设施处处新；

农商产品赶时代，电子商务进山村；

城乡统筹一个样，居民处处可安生；

绿水青山犹常在，宏伟蓝图万象新；

山村变化言不尽，这支鳘歌表我心。

吴汉生，男，苗族，43岁，黎平县大稼乡岑寇村支书。

把酒言欢赞小康

李艳萍

嫩草破土桃花香，田间农民赞小康；
村村旧貌新颜改，农机电器家里放；
硬化道路自来水，家家盖起新楼房；
寒风瑟瑟门外吹，舍内团聚酒肉香；
扶贫开发意志坚，道路越走越康庄。

李艳萍，女，侗族，28岁，黎平县大稼乡政府工作人员。

同步小康幸福长

吴尚伟

党的政策放光芒，小康同步城连乡；

干部带头把村下，带领群众奔小康；

问寒问暖送关怀，挨家挨户指引忙；

贫困家庭来扶助，富裕人家来表扬；

帮困扶贫来引导，排忧解难和谐昌；

找来项目百姓干，群众心里暖洋洋；

送得鸡鸭来饲养，又送化肥与羔羊；

田间地头来培训，扶持创办养殖场；

种养殖业都帮到，群众增收多打粮；

干群协力蓝图绘，人间大地换新装；

喜拓羊肠成大道，家家盖起新楼房；

村村寨寨电灯亮，自来引水到厨房；

果树林下鸡成群，山坡遍地是牛羊；

农家小院三春暖，蔬菜大棚四季香；

合作医疗祛疾病，养老保险助爹娘；

惠农政策把家进，免除农税不交粮；

种田还送农直补，家电农机也有帮；

吴尚伟，男，侗族，49岁，黎平县九潮镇日寨村村民。

一村美景一村笑，万户欢歌万户扬；

大计为民民得利，小康同步幸福长；

今天走上致富路，日后大家多发扬；

小康生活全靠党，党的恩情永不忘。

行歌坐月（黎平县全面小康办　供图）

将来前景更辉煌

吴积生

手拿话筒起歌腔，唱支生活奔小康；
自从改革和开放，应该感谢党中央。

吃穿住行第一项，农民家中有余粮；
有的农民办企业，有的开办养殖场。

有的山坡多植树，有的农民搞经商；
赚来的钱多又广，千万亿万存银行。

农民圆了轿车梦，住的都是高楼房；
中央把好大方向，将来前景更辉煌。

吴积生，男，侗族，42岁，黎平县九潮镇贡寨村村民。

遍地黄土变金银

吴积生

太阳出来照四方，四方八路亮堂堂；
改革开放有好处，勤劳致富奔小康。

大田大坝栽糯谷，糯谷熟了田坝香；
要想过上好日子，自个就把活路忙。

油菜花开遍地黄，勤劳致富奔小康；
全靠党的好领导，幸福日子万年长。

油菜花开黄金金，人民群众一条心；
齐心协力大发展，遍地黄土变金银。

举国上下庆太平

吴胜章

自从盘古开天地，三皇五帝到如今；
往事一去不复返，单表今日万民心。

改革开放好政策，富民途径幸福根；
引导走上小康路，万众一心向前奔。

各级党政好领导，同心协力为人民；
喜看今朝逢盛世，举国上下庆太平。

幸福生活惹人醉

吴永峰

党的政策得民心，农村处处谱新章；

丰衣足食齐欢唱，侗家老小喜洋洋；

交通方便不用讲，电灯日夜闪闪亮；

偏僻山区有出路，发展养猪牛马羊；

希望工程真是好，学校旧貌换新装；

幸福生活惹人醉，小康全仗党中央。

吴永峰，男，侗族，53岁，黎平县茅贡镇地扪村村民。

全民高歌唱太平

杨光宗

改革开放得民心，城乡上下喜欢腾；

中央政策实在好，各行各业上阶层；

多种经营齐发展，国家精准来扶贫；

危房改造参保险，粮食直补助农民；

特困五保得救济，高龄还有养老金；

各种税收有减免，合作医疗保民生；

公路修到家门口，高架电网入山村；

九年义务教子弟，营养早餐为学生；

家庭住所都宽敞，男女老少衣着新；

不分农民和干部，身揣手机好精神；

居家外出多方便，田边地角可传情；

社会优越条件好，有吃有穿有钱存；

人人同走小康路，全民高歌唱太平。

好久不到肇兴来

何燕茹

好久不到肇兴来，春风拂柳面貌改；
同心协力奔小康，谱歌一曲细道来。

好久不到肇兴来，新建公园老少爱；
寨门夜景美如画，宾馆旅社住老外。

好久不到肇兴来，同村小伙穿名牌；
农民家家有小车，三十夜里喝茅台。

好久不到肇兴来，端起酒杯盯犒唻①；
处处欢歌颂小康，花桥鼓楼等你来！

注：①盯犒唻：侗语敬酒词。

何燕茹，女，土家族，23岁，黎平县肇兴中心小学教师。

侗乡茶油创富路

杨 忠

茶树开花白汪汪，茶树结果亮堂堂；
收得茶果晒茶籽，茶籽出油清亮亮。

茶油本是侗家尝，如今产品传四方；
油茶吃出长寿村，四方宾客来侗乡。

侗乡山好水也好，好山好水茶油香；
党领侗乡奔富路，共同富裕奔小康。

山清水秀保持好，颐养圣地保健康；
黎平是个大氧吧，侗族大歌美名扬。

喝罢油茶把歌唱，走进侗乡把心养；
发展旅游侗文化，同唱侗乡好地方。

喜看农家读书郎

蓝承杰

旧时读书是幻想，如今遇上好时光；
新时新世新气象，农家儿女把学上。

观念更新变思想，生男生女都一样；
城乡学校亮堂堂，书声琅琅远传扬。

党的政策放光芒，"两免一补"把学帮；
营养午餐美味香，各种营养跟得上。

吃饭住宿有保障，各位家长把心放；
农家儿女有梦想，大中小学都能上。

众手浇开幸福花

潘明礼

山也欢来水也笑，城乡处处换新貌；
乡村日子红似火，城里生活步步高。

惠民政策像春风，城市乡村齐飞跃；
改革开放结硕果，同步小康见成效。

众手浇开幸福花，齐心架起通大桥；
真抓实干促发展，城乡明天更美好。

农民心里暖洋洋

石昌霞

农村建设有新意，中央决策真英明；
全面建设新农村，脱贫致富暖民心；
侗家儿女齐响应，奔向小康有信心。

惠民政策真周到，男女老少齐欢笑；
人逢盛世精神爽，各行各业都兴旺；
农民种田把税免，种树种田还补钱。

小孩上学不用愁，"两免一补"乐心头；
人人到老甭担心，花甲就领养老金；
大病小病有依靠，农合医疗报销高。

困难群众不犯愁，不缺粮来不缺油；
五保住上敬老院，开开心心过晚年；
危房改造新面貌，舒适住房拇指翘。

国家减负民受益，国泰民安笑开颜；
干群同念致富经，全面小康百业兴；
载歌载舞庆盛世，共创美好新农村。

石昌霞，女，侗族，50岁，黎平县坝寨乡器寨小学教师。

116

奏响全面小康歌

吴庆谦

说小康来话小康，小康生活不一样；
幸福甜美喜洋洋，农村生活大变样。

交通方便通四方，物质文明实在强；
吃的讲究是绿色，住的都是大楼房。

穿的都是讲名牌，精气神韵脸上光；
小康社会实在好，人民幸福乐安康。

吴庆谦，男，侗族，45岁，黎平县九潮镇中心小学教师。

同步小康唱新曲

张应波

中央政策如春雷，精准扶贫春风起；
实行六个到村户，侗家人民心欢喜。

村村寨寨得实惠，处处下起及时雨；
德才兼备好班子，干群团结心儿齐。

贫困人家在哪里，细看排查又摸底；
找得仔细又精准，看准对象好帮你。

感谢党的好政策，群众把你记心里；
精准扶贫起实效，同步小康唱新曲。

张应波，男，侗族，38岁，黎平县第二中学教师。

侗家自然好风光

侗家自然好风光，昔日败落今变样；
山美水美人更美，全赖扶贫变小康。

木楼洁净真明亮，村中道路更宽广；
老人闲坐谈盛世，青壮抒情把歌唱。

少年儿童逢盛世，"两免一补"上学堂；
美好生活多幸福，全靠英明共产党。

（黎平县地坪中心小学整理选送）

SENL GAEML BIINV LIEEUX YANGH
改革开放唱侗乡

（新编三龙侗歌）

吴文清

Wanp wanp jongl kap yaoc dos meix al Gaix geec
kaih fangp guangl dongl xiangp:

大家静静听我唱支歌改革开放唱侗乡：

Xih bul kaih fac nyaengc bens siih,

西部开发合民意，

Baic liix dongl zhail maengx wenl wenc,

百里侗寨喜洋洋，

Juc lienc manv jih digs jenc jenc,

翠绿木林满山冈，

Nyouc yangc digs jenc kuk digs jonh.

牛羊满栏猪满圈。

Meec janl meec daens sinc map yenc,

有吃有穿新楼房，

吴文清，男，侗族，51岁，黎平县永从镇三龙小学教师。

Jenh jil jeenl seec fanh mieengc fanh,

经济建设翻几番，

Bedl aiv nyimp nganh xedt yaengt daengl.

鸡鸭鹅鱼都满仓。

Senh hoc hul yul il yangh zih mac eip

wap jeec jeec gaoh,

生活富裕芝麻开花节节高，

Oux naemx hul mienc zenl ceec naih

haos dangx zi dinl.

富裕生活靠党帮。

Dongs xiangh jeenl seec fangh zenh,

文化引领建侗乡，

Xeenl dail nongc cenh biinl cenc zenl,

农村都起新楼房，

Gaoh sux gaoh tieh ul yuh dees,

高速高铁穿山过，

Bail jonv suiv ceeh wanp qamt kuenp.

不走路坐车厢。

Dieenl denh dieenl gangl guangl qank qank,

电灯电杠亮堂堂，

Jih gail naenv naenv tenc tenc,

机械加工响四方，

Soux jih dieenl wap yangh gueec yuns,

手机电话家家有，

Nadl mags nadl uns diagl ul xenl.

款式多样背身上。

Yanc yanc caix dieenl ungt tengh tengh,

家家彩电带DV,

Naengl meec bienh xangh biads eip

ams xuh daengl,

打开冰箱佳肴随时尝,

Nyenc gaenl sais lail kuanp yangh dangc.

侗家人心赛蜜糖。

Tinp dangc dih donh oux yais mianggc,

层层梯田翻金浪,

Senl senl xaih xaih yebs yebs guangl,

村村寨寨闪银光,

Tinp senl weenh xaih dees louc jiuc

wap xebt douc yangh,

村村寨寨古楼花桥都好看,

Al xangc al yeh sank siik wangl.

侗族大歌唱四方。

Yaoc liangp dongl xangh!

我爱侗乡!

Yaoc liangp dongl xangh!

我爱侗乡!

农民喜逛侗乡城

周琴英

一

急急忙忙，往前走，

心里欢喜，脸上笑，

都说黎平县城建设好，

齐看黎平新面貌，依呀吱喂，

齐看黎平新面貌，依呀依吱哟。

二

再往上走，看鼓楼，

高大的鼓楼，入云霄，

两旁还有风雨桥，

鸟语花香，心舒畅，依呀吱喂，

鸟语花香，心舒畅，依呀依吱哟。

三

机场大道修得好，两所新校在两旁，
与港澳新区连成片，是咱人民的心愿，的心愿，
的心愿，依呀依吱哟。

四

侗乡人民爱唱歌，侗歌颂党飞山外，
飞向全国的各地，飞向世界的角落，的角落，
的角落，依呀依吱哟。

后　记

　　值此"十三五"关键之年，脱贫攻坚同步小康攻坚之年，谨将贵州省同步小康优秀民间歌谣丛书《我歌我快乐之黎平》奉献给广大读者。

　　《我歌我快乐之黎平》根据中共贵州省委政研室和省文联的统一部署，在中共黎平县委、县政府领导下，由中共黎平县委宣传部、中共黎平县委政研室（县全面小康办）和黎平县文联等几家单位负责征集。黎平县委副书记（编委会主任）龙滨、黎平县人民政府常务副县长（编委会副主任）杨昌华、黎平县委宣传部部长（编委会副主任）杨满英等编委会领导高度重视本书的编辑出版工作；姚吉宏、吴宇光同志及县委宣传部、县全面小康办及县文联全体同志为本书的征集、评选、编辑、校对、出版等工作付出了很多辛勤劳动。

　　本歌谣集从征集、评选、编辑到交付出版历时两年多

（2016年1月—2018年8月），共收录包括汉族、侗族、苗族、水族、瑶族等民族民间传唱的103首歌谣，唱出了黎平县广大群众对全面小康社会的新期待、对全面小康新生活的新渴望，以及对全面建设小康社会的新激情。歌谣极具时代特征、民族特色和地方特点，进一步唱响了全面小康好声音、积蓄了全面小康正能量、强化了同步小康自信心。

　　由于我们水平和人力有限，加之时间仓促，编写过程中难免有疏漏和错误之处，恳请读者批评指正。

编　者

2018年8月